とても小さな理解のための

向坂くじら

百万年書房

合わさることを知らないひとつの声に

星座

男の人が
なぜ女の人が自分と寝てくれないのか考えるあいだ
女の人は老いた母から電話がないのを気にしている
老いた母はちょうど猫に話しかけているところで
猫は隣家の子どもを憎らしく思いかえしている
そのとき子どもは家庭教師の目つきから正答をさがそうとし
家庭教師は雇い主に反論する道筋を考えている
雇い主がゴシップの女優の人柄が良いと感心するいっぽう
女優は育ちすぎた亀の始末に手いっぱいになっている
亀は赤んぼうの指を食いちぎることを想像し

赤んぼうには父親が硬いシャツを着るわけがわからない
父親は兄に同性の恋人がいることがゆるせず
兄は恋人の声を思いだしたくてしかたない
そのころ恋人は書店員のまなざしにいたく傷ついたが
それは書店員が
全くだれのことも考えていない時だった
それらのことがみな同じときに起きた
輪郭はみな表面張力を持ってふるえていた
さみしい刺繍のような星の空だ

向坂くじら詩集

とても小さな理解のための

目次

子どもたち

波のうつ部屋

窓

とても小さな理解のための

キッチン

二十七歳

このごろ　どういうわけか
自分の体がきれいに見える
制服に圧縮されているころ
あんなに硬く　いまいましかった体
このごろは浴槽に浸すと
孔雀のようにふるえてみせる

きれいなものはみな
機能のためにきれいなのだ　と聞いたことがある
ハサミは裁つために

聖堂は祈るために
羽は翔ぶために
役に立たないものは
役に立たないということのために

白いリボンは
結ばれてあるために
髪の上でひらめくために

それを男が指差して
ほどいてあげるよ　といったとき
わたしの体は横断歩道からとび出して
跳ねるように走るほかなかった

熱いほどくやしい胸をこらえて
このごろ　体はささやかに遅い
二階しかない階段をゆっくりゆっくり降りる
郵便局へはひとりで行き
みかんを片手で剥いて
どういうわけかきれいに見える

迷子

出ていったきり帰ってこなくなっていたこころを躑躅（つつじ）のなかに見つけた
生まれたときから躑躅の花でしたという顔こそしているが
まちがいなくわたしのこころである
そんなところにいてどうするつもりなんだ
といっても　だまっている
あのときおまえはあいさつもなく出ていって
理屈で埋めるにはひろすぎる余白だけが
あばら骨のあいだに残された
いいかげん
そこを風がさわっていって

木偶(でぐ)のオカリナのような喘鳴(ぜんめい)が聞こえるのにも　馴れはじめたところ
だった
一匹のハナアブが躑躅のなかへ分け入ってゆく
花びらをつねると色水がしみ出てきて
わたしは立ったまま
足もとにわたしのかたちの影をつくりつづけていた

四月の昼

ぬれた靄のかかる
四月の昼をあそんでいると
母が
前に立って
花の名まえを暗唱しはじめる
あれは　はなみずき
ねじばな
ねこやなぎ

差しだす指さきはつやつやして

わたしより　みっつよっつ　歳上ぐらいか
視線をおろして　かたばみ
おおいぬのふぐり
ほとけのざ

ほんのちょっと前まで
わたしを収めていた腹
すんなりと痩せて
曲線をふちどるように
ひかりの輪が浮かぶ

若い日の母は　おだやかな歩幅で
しかし

確かに先を急いでいる
足がからんで
遅れそうになるわたしを
くりかえし振りかえる　けれど
まぶしくて　顔が
どうしても見えない
声だけが立てつづけに聞こえる

なずな
なのはな
はくもくれん

そんなに

急がないで
すこし前まで
自分だって　子どもだった体で
わたしを
どこか　よいところ
花の咲くよいところへ
どうにか導こうとして

いま　立ちどまって
まぶしいあなたの手をさわっていたい
夏までは
まだ少しかかる

月子、ハズゴーン

家事が嫌いだ
風呂掃除も煮炊きもゴミ捨ても同じ
取りかかるだけで憂鬱が寄せてきて
肩がじっとり重たくなる
だれかが両手を置いているみたいに
これは
霊だ
わたしの憂鬱ではない
霊が　自分の憂鬱を
わたしのものに見せかけているのだ

霊は主婦だ
名前を月子という
月子は三十三歳
夫の同僚に安産型といわれたことがある
月子は賢い
古い野菜の捨て際をよく知っている
がたがたしない道をよく知っている
会釈のタイミングをよく知っている
家に帰ってくる
靴を脱ぐ
荷物を置く
なまものを冷蔵庫に入れる

ここではじめて電気を点ける
ソファの上にタオルが積み重なっている
地獄だ
と月子は思う
月子は地獄のこともよく知っている
それはしじみの砂抜きであったり
座布団を正円に並べることであったりする
そんなことには特に詳しい月子である

月子はほとんどの家事を憎んでいるが
洗濯だけは少し好きだ
中でも干すのが好きだ
しかしそれは錯覚であり

単に上方へ手を伸ばすのが好きなだけだった
かごから洗濯物を引き抜く
ぱんぱんと叩いてしわを伸ばす
手を伸ばして洗濯ばさみでとめる
かごから洗濯物を引き抜く
ぱんぱんと叩いてしわを伸ばす
襟首をハンガーに通す
手を伸ばして物干し竿にかける
月子はみんなに奥畑さんと呼ばれている
かつては奥畑さんではなかったが
いまはみんなが奥畑さんと呼ぶ
だが地獄は月子のものであって
奥畑さんのものではない

奥畑さんのものにしてたまるかと月子は思う
かごから洗濯物を引き抜く
ぱんぱんと叩いてしわを伸ばす
手を伸ばして物干し竿にかぶせる
大きい方の洗濯ばさみでとめる
月子は歌がうまい
とくにオペラがうまい
しかし月子は賢い
歌い出したいからといって
歌い出していいわけではないと知っている
いちばん危ないのが洗濯物を干すときだ
上を向くと歌い出したくなるのを
月子はいつもこらえている

かごから洗濯物を引き抜く
ぱんぱんと叩いてしわを伸ばす
わたしが上方へ手を伸ばすとき
わたしの喉の底を
知らない歌が
引っ掻く

月子は
呼ぶ声がするとかならず答える
それが奥畑さぁーんであろうと
ひいちゃんママーってであろうと
おかあさぁーんであろうと
奥さぁーんであろうと

宮本さぁーんであろうと
おまえーっであろうと
月子ははあいと言って行く
それが月子の使命であるなんてことは
まして喜びであるなんてことは
月子は考えたことがない
月子
わたしは家事が嫌いだ
風呂掃除も煮炊きもゴミ捨ても憎い
油も泡も水もみんな憎い
タオルの端と端をつまんで
指先であわせるなんて考えられない
壁からは四方くまなく甲高い音がして

さっきわたしが磨いた蛇口が光をみらみらぶつけてくる
わたしは月子をくり返し呼ぶ
月子
月子
月子

月子は　歌い出す前に死ぬつもりでいる
それでいて
九十五歳くらいまで生きるつもりでいる

満潮

すでに
切りきざみおえ
白砂糖にも漬けおわって
火のうえで融けはじめているオレンジを
見ている
包丁を握りしめたまま

換気扇の轟音をきらって
ねっとりした湯気が
からだと部屋とを占領しつつある

台所からあかりが漏れひろがる
つめたい箱の一角だ
頬ばかり火照らせて
そうだった
ごみ箱の中に
わたしは誰の死体も隠していない
フライドチキンの大腿骨と
かいがらと　まだ濡れたいくつかの種にまじって
こどもの舌べろがころがっていたりしない
(それらみないままさに腐敗へむかう)
鍋肌がじりじり焦げつきだしている

台所のあかりだけをつけるのは

その下から出ないでいることの宣言だった
きのうわたし指さきまでピストルになって
鉄と犬のにおいをかわしてここまできた
そのあいだも誰かはさけびつづけていて
太ももを熱いオレンジが這っていく
おんなにもジャムくらいつくれるのだ
(銀のスプーンをひかるまで舐めて)
誰の死体も隠さずにすむ
ほんとうならひとり崖の下をのぞいたり
顔という顔を忘れたりしたかったいのちをこらえて
あかりの下にかえってきたのだ
(そうだった)
生臭さを

見いだしたがっている
平鍋のなかで
だいだいの対流はのみこみあっても
なにも顕わにならずただ　蒸発していくだけ
かすれた腐敗のほうへ
箱は

サービス

好きにならなかったおとこ
に鳴らされるiPhone
をすべるゆび
シャワー室からは無題のノイズがつづき
盥（たらい）に手をうごかす母の円いシルエット
洗えば洗うほどしろくなりゆく
祖母の遺骨

スカートをぬげば
またぐらに受話器が嵌（は）まっている

キミドリ色でぶあつい旧式電話の受話器だ
おとこはそれを公衆だとばかにした
おとこはいつも公衆の持ちものをばかにしていた
口にするものも路地も警備員の警棒も
清涼でなければ満足がいかないといった
そのくせ
わたしの受話器をとっては
むこうにいるなにかに告解(こっかい)を聞かせ
そこへ頬ずりさえした

食卓に
平皿や椀やボウルがうわ向きにあけはなたれて
そのすべてに

ひとくちずつたべものが残されている
わたしはそこへ白紙をおいてみる
白紙はなにものにも侵されない
だからせつめいのない穴をあけることができるのだ
食卓に並んだときにはすでに腐敗にむかいはじめていたたべものと
腐敗することのないわたしのからだ

わたしはいつでも公衆の持ちものでいたかった
だれに受話器をあげられても
すすり泣いたり　わざとおかしくなったそぶりを見せたりせず
ひとしい電気信号をきかせてやりたかった
でんわが鳴っている
それは

いなくなりたいということとなにがちがうんだろう

怒りだ

怒りにしかあがなえない怒りというものがある
他の言葉へ読み換えようもない怒りというものが
ひっとりと目をとじれば
真っ白な象の群れが
前足でアスファルトを踏みつけ
いっせいに鼻を高くあげるのがみえる
怒りだ
みじめさでなく
ショービジネスでなく
愛情の不足でなく

疾病でなく
身のほどしらずでなく
性欲でなく
トラウマの告白でなく
では
もう出かけるしかない
怒りならば明かりを燃やして
暗い町へ出てゆくしかない
一帯のカーブミラーに火がうつる
わたしが踊るのはわたしがみている
だれも名まえを
つけるな
象が象のことばでさけぶ

わたしがわたしのおたけびをあげる
やがて明かりがたえて
小指ぐらいのもえのこりになっても
わたしはそれを怒りと呼ぶことができる
息をするたび
もえのこりは赤くなって暗くなって
なにか語るたび息はふるえて
赤くなって暗くなってまた赤くなって

誤認

車とわかれることになった　十才のときに父が買い
二十五才で父から引きついだ車だったが
ついにやわらかい部分はみなすり切れ
かたい部分はみな軋んでしまった
これは部品取りですね　と　回収の人が言った
車の輪郭は風の日の雲に似ている
美しさのためではなく
空気の抵抗を減らすために
わたしは向い風に飛び散る雲を思い
またわたしの体が同様に飛び散ることを思い

だれかの掌の上で
わたしの二つの肺がより分けられて
ひとつずつ
ほかのだれかに渡されることを思った
車は生きものの顔にみえる
こころがあるからではなく
ふたつ並んだヘッドライトに
わたしがまなざしを錯覚するから
ひたいのようなボンネットに
わたしのひたいをあてれば
車のあたたかな息がかかる
いのちがあるからではなく
切ったばかりのエンジンの排熱で

すべては
センチメンタルな誤認で　わたしはだれのことも
ほんとうには扶（たす）けることなく死ぬだろう
さようならといえば車は車だった
事実うつくしい車だった

潮鳴り

となりのアパートはほとんど空室で
一階の
一部屋だけ
洗濯ものが干してある
その窓から
毎朝　女の歌がきこえる

曲は
流行に疎(うと)いわたしも
口ずさめるようなヒットソング

おおぜいの観客か
さもなくば海か
を前にしたような
すっきりと跳ねる声が流れてくると
わたしも洗いものをしながら
波しぶきのひとつになってしまう

あんな楽器が
あんなひとつの円い空洞が
だだ広いアパートの
ちいさく仕切られた一階の
さらにちいさく仕切られた

ちいさな部屋にあって
これから洗濯ものをとりこんで
たたんだりする

トマトポークカレー（もっとも個人的な）

玉ねぎの頭とお尻を落として捨てる。同心円を割るように半分に切る。切った面を下にできるかぎり薄切りにする。切ったものからオリーブ油で火にかける。丸ごと三個をそうする。フライパンに薄く広げる。にんにくをひとかけ芯からむしりとる。爪で皮を剥がす。横に割って芽をくり出して捨てる。薄く切ったものを並べて細く切り、細く切ったものを並べて小さく切る。しょうがの隆起一つ分を切り取る。薄く切ったものを並べて細く切り、細く切ったものを並べて小さく切る。使用済みの銃弾が博物館に並んでいる。玉ねぎに水を注ぐ。水はたちまち鍋肌から沸騰する。焦げを木べらでぎしぎし剥がす。ふたたび薄く広げる。にんにくとしょうがを小皿に移す。にんじんのへタを落として捨てる。細い方と太い方とに割る。細い方をいくらか長くとる。包丁を縦に滑らせて太い方の皮を剥く。包丁を円く滑らせて細い方の皮を剥く。太い方を縦に四つに割る。マゼンタのマニキュアがすべての指に塗り終えられる。細い方を縦に二つに割る。玉ねぎに水を注ぐ。水はたちまち鍋肌から沸騰する。焦げを木べらでぎしぎしと剥がす。ふたたび薄く広げる。六かけのにんじんを等しく親指くらいの質量に切る。ざるにうつす。トマトのへたを落として捨てる。地面にぶつかったアンティークカメラの部品が飛び散る。へたに垂直に半分に切る。実に刃を入れてまた半分に切る。実に刃を入れてもう一度半分に切る。九十度向きを変えて短く半分に切る。最初の半分もそうする。十六等分されたトマトの破片を両手を器にしてがさっとすくう。手のひらの隙間からうすい赤い汁が漏れる。深いボウルにあける。群集が黒いグラスをかざして部分日食を見上げる。丸ごと三個をそうする。ペーパーでまな板と手のひらを拭く。玉ねぎに水を注ぐ。水はたちまち鍋肌から沸騰する。天然痘患者の写真が博物館に並んでいる。焦げを木べらでぎしぎし剥がす。ふたたび薄く広げる。豚バラ肉のかたまりを手全体で押しながら拭く。羊水にまみれた鹿の嬰児（えいじ）が立ち上がる。よく手を洗う。脂身を上にしてみちみちと切る。厚さが高さの半分くらいになるように等分する。八つの豚肉の塊に塩を振りかける。砂の中に白いピアノが埋まっている。玉ねぎに水を注ぐ。水はたちまち鍋肌から沸騰する。焦げを木べらでぎしぎしと剥がす。水を注ぐ。水はたちまち鍋肌から沸騰する。焦げつくまでしばし待つ。焦げを木べらでぎしぎしと剥がす。水を注ぐ。聖母像が涙を流す。水はたちまち鍋肌から沸騰する。焦げつくまでしばし待つ。焦げを木べらでぎしぎしと剥がす。にんにくとしょうがを加える。木べらを押しつけて何回かじゅうと言わせる。旧い線路の撤去が進む。ボウルを逆さにしてトマトを入れる。トマトはたちまち鍋肌から沸騰する。ボウルに残った汁を指の腹で拭きとる。後ろ手がブラジャーのホックを留める。木べらを押しつけて果肉を壊す。果肉と汁との境目をなくす。皮のところをとくに執拗にやる。こびりつきを木べらでざんざん剥がす。こねる。泥まみれの子どもと目があう。ペーストになったら火を止める。大きな鍋にオリーブ油を丸く垂らす。油の中にクミンと唐辛子を並べる。弱火をつける。らくだのまばたきでわずかに風が起こる。クミンがざわざわしはじめたらにんじんを加える。表面が白んだらペーストを入れる。看護師の手が包帯を巻きなおす。カレーパウダーを底が見えなくなるまでふりかける。手書きの標高地形図が博物館に並んでいる。底から一気に返す。おおらかにかき混ぜる。すべてが没するまで水を注ぐ。子どもが別の子どもへおまじないを口承する。火をできるかぎりまで縮める。小さなフライパンにオリーブ油を広げる。脂身を下にして豚肉を置く。面がしっかりと立つまで焼きつける。墓石の表面がじっとりと汗をかく。トングで倒して別の面を立たせる。すべての面をざらざらに焦げつかせる。トングで倒して別の面を立たせる。ビルの屋上でヘリコプターが爆発する。一つずつトングでつまんで大きい鍋へ投げこむ。ダムの放水がはじまる。ローリエも二枚投げこむ。火をできるかぎりまで大きくする。ぬいぐるみの詰まった袋がゴミ収集車に飲み込まれる。沸騰が来たらすぐもっとも縮めた火に戻す。離れた椅子に座る。しばし鍋のことは忘れて過ごす。しかし不随意に思い出す。思い出したらまた鍋に近づき、ルウを投げこむ。離れた椅子に座る。しばし忘れて過ごす。しかし不随意に思い出す。思い出したらまた鍋に近づき、ルウをかきまぜて溶かす。離れた椅子に座る。しばし忘れて過ごす。

玄関口

牛乳を一杯わけてください

牛乳を一杯わけてください
夜中に男がたずねてくる

僕は牛乳のない国からきたのです
牛乳のない国ではみんな背が低く気が短いのです
よそで飲んだことのあるやつもいたけれど
記憶を美化していて話になりません
一度でいいので牛乳を飲みたくてこの家をめざしてきたのです

みると服はすり切れ

火薬の匂いもする

一杯でなくてもかまいません
ひとくち口にふくませてもらえればすぐに帰ります
コップにいれてもってきてひとくちわけてもらえたら
あとはあなたが飲んでかまいません
僕はこのために生きてきたのだとさえ思います
あなたの家だけをめざしてきたのです
それでようやくたどりついた僕の感動をわかってもらえますか
いまも牛乳のにおいがして目がくらんでいます
毎朝牛乳を飲んでいるやつもいるというのに僕のこの有様です
牛乳をわけてもらえるだけでいいのです

そのとき同居人はまだ帰っておらず
家の電気も消えていた　暗い玄関に外の明かりが差して
男の影をおとしていた
わたしはくちをひらく

すみませんが来週結婚するんです

男はしばしわたしを見上げたあと
しずかに背中を向け　のろのろと去っていった

わたしは
透明な子どもを背負ったように丸い男の背中を
見えなくなるまでみつめていた

重いドアをあけたまま

玄関口

ほしがる

おとなが結婚を祝って箸をくれた
おとなには知るよしもない
わたしが初潮からずいぶんたった今だに
箸をただしく持てない女であると

おとなの舌が
（むすめさんをいただいて）と動作するたび
おなかの中に活けてあるひと束の百合が
ひとつずつ
順番に

首をおとした
白木の骨盤のうえ
雄しべが砂になってつぶれた

これはわたしが活けたのだった
もらってきた花束を脊椎に挿して
わたしの液を吸いあげやすいように
茎をペン先のかたちに切り落しながら

（むすめさんをいただいて）
いいえ
百合をみんななくした
わたしは依然として花束

（花は花自身のものにさえなれない）
おうちで硝子（がらす）の水をもらっても
鋭く切っていただいても
代謝をつづけるからきっと　砂になる
君のやさしげな器をすりぬけて

わたしだってわたしがほしくてたまらない
おなじ望みだと思えば可笑しい
赤い箸を噛みながら

棲みうつる日

わたしの積荷をみて恋人は
これで　くらせるの？とたずねた
下着をひと箱
人形と楽器をわずかに
それから山積みの本
くらせる　くらす

本は直線である
重力の制約をうけて折りかえし
ちいさく畳まれているだけで

ほんとうは遥かな直線
大陸に垂直に立つ
旅をする直線

インクは火薬でできているのだから
ひつぜんこれは導火線である

くら　く
これだけのながさですから
さみしいだれかが燃えつけば
すぐ大火になる
下着や人形や楽器を糧にして
電灯のない住宅街を宇宙のまばゆさにかえす

恋人とわたしはいちばん奥で灼けている
人間を好きになる以前の跳ねるからだで

ざまをみろ
こうふくなわたし
いくら顔をしかめた詩を書いても
まだ結婚のうれしいしたたかな女

ちいさな群れ

手ごろなねだんで使い勝手のよい家具を君が買いあたえてくれるたび
背筋にざらりとふれる金属についてわたしたちはまだ話していない
それが檻の感触であること
またわたしが後ずさっている証左であることも
にんげんを飼うのはよろしい
しかし朝食のようなくちづけによってではなく
君の遠吠えによって
わたしを
閉じこめることはできないものか

ミニマルな平和のひと
かわいいひと
わたしに必要なのは
乾いた君と都市のあいだにひびくエコー
テレビや湯をうしなってなお濡れる君の目
いつか君が雄でも雌でもなくなって
喉から仲間をほしがるときの暗がりに
わたしはなにを殺しても居合わせてみせる
どんな部屋にも収まってみせるのに

城塞

ふたり
ひとつの家に住みこむ
ということは
家具をそろえることでも
洋服をはこびこむことでもなく
鍵をしめるということだった
過不足のない食器の棚を
右から左まで
つぎに左から右まで
また　右から左まで

飽きもせずふたり数えた
ざんこくな幼児のように

明かりを点け
鍵をしめる
暗さは外のほうへ閉じ籠める
そう　解放されているのはわたし
わたしたち

暗さを外のほうへ閉じ籠めて
加害しているのはわたし
わたしたち

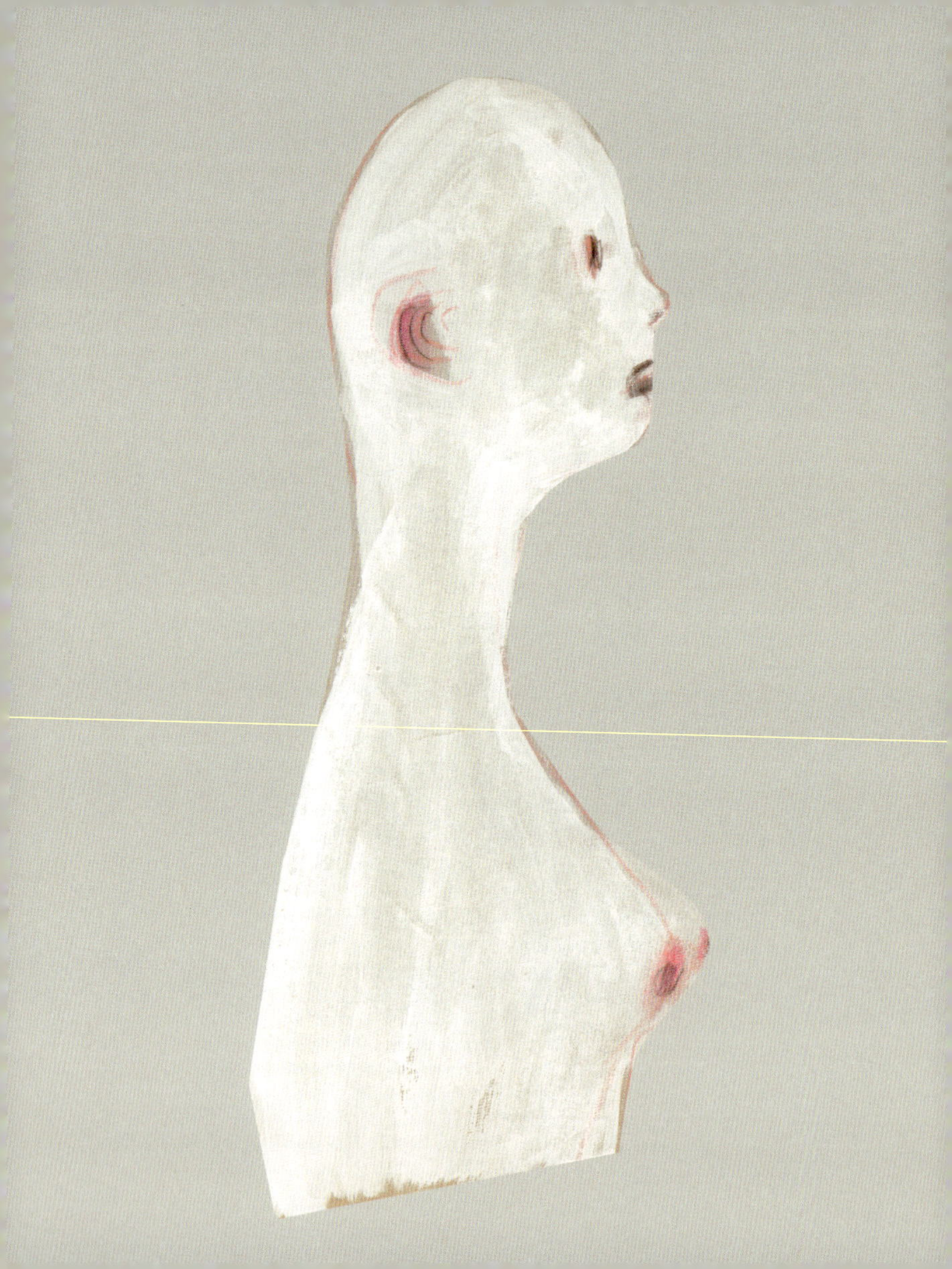

変態

十八歳の文化祭を欠席したので
わたしはエプロンをつけなかった
出しものの喫茶店では
女の子がひとしくお給仕をさせられる
九月の家庭科はエプロン作りで
自らの腰を覆い隠すための布を
女の子たちは週に一度
ひと針ひと針縫いあわせた

女の子たちと

玄
関
口

女の子たちのエプロンがお給仕に励むころ
わたしのエプロンは教室の後ろ
ロッカーのなかで紙ゴミに埋もれていた
扉にあいた空気穴の高さからはちょうど
いそいそと動き回る女の子たちの尻が
その上で白い布のリボンがはずむのが
見えただろう

幼虫はさなぎになると
体をどろどろのクリーム状に溶かし
成虫の体に作りかえるという
エプロンは目撃する
女の子たちが一斉にリボンをほどくそのとき

尾てい骨から
肉でできた羽根が生え出すのを
全てが完了すると女の子たちはエプロンを投げすて
はればれと背伸びをする
その絶景を
わたしは布団のなか
仮病のきまりわるさと本物の頭痛とを混同しながら
エプロンの眼を通してながめていた
どろどろに溶けたままの腹を撫でまわして

花嫁が
あんまり熱心に食事をするので
親戚一同が笑う

事実ウエディングドレスは食事に向かず
呑みこむたびコルセットが胴をしめつける
わたしは三層のテリーヌを食べ　白鳥を象(かたど)ったパイを食べた
コンソメスープを飲み干し　鮭と豚肉の燻製を食べ
紫芋のムースと赤蕪のサラダを食べ
舌びらめのムニエルをつるりと呑みこんだ

虫たちにとって一粒の雨は
ときに溺れるほどの衝撃であるという
友だちが囲むテーブルの真ん中に
巨大な水のかたまりが落ちてくる
テーブルは真っ二つに
金縁のお皿とグラスが飛び跳ねて割れる

ドレスの友だちが悲鳴をあげて逃げ出す
つぎつぎにテーブルが破壊され
花飾りは床にうちつけられ
司会者のマイクがハウリングする
子どもたちがあちらこちらで泣く
宴会場はたちまち水位を増し
カメラマンの三脚が沈む
白いグランドピアノが沈む
三段のケーキと
上に乗っていた砂糖人形の男女が沈む
席次表やメッセージカードはぷかぷか浮かんでいる
みなヒールや革靴をぬぎ
ストールやジャケットを水のなかに捨てて

泳いで脱出をはかる
ウエディングドレスが水を吸ったせいで
わたしは一段高い席に座りつづけている

男は
わたしの手を離さずに
そこにいつづけてくれる
ついに水面が天井に至るころ
みんなもう逃げてしまった
巨大な直方体のなか
ウエディングドレスは牡丹の咲くように浮かび上がり
わたしたちの体も宙吊りになる

ドレスの花びらに
ふたり
丸ごと覆いかくされて
どろ
どろと
溶けはじめる
ロッカーでエプロンが風化する
わたしのクリームと
男のクリームと
手をつなぐようにおずおず混ざりあって
新しい体の
神経が
つながる

その絶景を
わたしは虫の眼でながめ
熱心に食事をする
親戚一同はすでにあきれている
パンをちぎっては口に放り込み
ついでにバターまでいただく
にんじんとビーツとアスパラガスのソテーを食べ
マッシュポテトとバルサミコのソースをさらい
三口でステーキを平らげる
液状に噛みくだかれたごちそうで
胃のなかが波うち出す
新しい体よ、

一人分で
お給仕もしない
わたしの新しい体よ、
羽化が一度きりだとだれが言った？
更衣室でドレスを脱いでわたしは生まれるだろう
そうしてもまたどろどろに死んで
別の日にまた新しく生まれるだろう
クランベリーのアイスクリームを食べきったあと
口の端についた赤いジャムを手の甲で拭きとり
その手の甲まできれいに舐めたら
いっそ拍手喝采の親戚一同
小さなワンピースを着た女の子などは
真似してちょっと舌を出してみせた

子どもたち

区別

いちばん背が高いのが長男です
ひとりだけ眼鏡なのが次男です
笑うと声が上ずるのが三男です
子猿を連れているのが四男です
三カ国語を話せるのが五男です
洋服を着たままなのが六男です
煙草を吸っているのが七男です

頬にほくろがあるのが長女です
なわとびが得意なのが次女です

眼の色が少し薄いのが三女です
常に微笑しているのが四女です
賭博をしていないのが五女です
誰よりよく食べるのが六女です
帽子を忘れてきたのが七女です

夜は十四人たっぷりと眠ります
十四人全員がまったく同じ夢を
毎晩かならず見ているのですが
誰一人それに気づいていません

線とハサミ

美容院で　子どもが泣きさけんでいた
店じゅうの鏡がびりびりふるえている
なにごとだろうと思っていると
お母さんが笑いながら肩をさすっていう
りいちゃん　ちがうのよ　痛くないの！
かみの毛はね　切っても痛くないの！
いや！　いたいの！　いたいの！
さきっ　と　耳元が鳴って
わたしの髪に最初のハサミが入れられる
わたしはおとなだから痛くも怖くもない

けれども　どうしよう
りいちゃんのつやつやに尖った髪がはじめて切り落とされるとき
そこからとめどなく血が流れだすんだったら
さきっ　さきっ
線を引いて暮らしている
どこまでが自分で　どこからが自分でないか
足元に落ちた髪　わたしではない
ニュースのなかで死んだ人　わたしではない
子ども　ちょっと前までわたしだった
ときどき　その線引きをまちがえて
血の出ないところを自分だと思い込む
あるいは血の出るところをうっかり切り落としてしまう
わたしもずっと　さけびたかったような気がする

いたいの！　いたいの！

やがて　りいちゃんはかわいいおかっぱになり
すっかりにこにこ
わたしの髪とりいちゃんの髪
美容師さんのちりとりのなか
重なりあって眠っている

クライスト

もうとっくにおまえとばらばらの存在でいることにも飽きたのに
おまえの皮膚はいまだ黙秘をつづけている

おれとおまえとはふたつの円環で
樹のかたちにはりめぐらされた血流は
すべて一ヵ所のターミナルへ接続し
発着をくりかえす
円はもっとも閉ざされた図形である
おまえの円環はおまえのまま
おれの

円環はおれのまま
じぶんの血に満ち充ちておわってしまう

母乳と
血液とが
おなじ甘さをもつとしたら
いつか堤防を開け放たなければいけないときがくるのだ
あばら骨をじぶんの手でひらき
痛みに耐えながら
血を分けてやらなければいけない日が

白濁したおまえの血はつめたい酸素にふれて
たちまち目のさめるような遠くの青にかわる

血にひつようなのは河口だ
海と交じりあい和解するための
おれがそれになってやる　ほら　ここに海はあって
それはずっとおまえを待っているのに
もうほとんど時化（しけ）ているのに
おまえはけっして口をわらないのだ

踊り

鳩だ。鳩がくずれおちている。塔から鳩がおちてくるたびに、いじわるなこどもが指さしてよろこぶ。邪悪な町のじゃあくな広場だ。鳩の肉は赤くない、ほとんど黒い、わたしたちには鉱石のようにみえるそうだ。それは感傷よりも無知にちかい。赤いものにやさしい傾向がにんげんにはある。じぶんのからだのなかが赤いことがそんなにおもしろいのか。赤いものにやさしくするぶん、黒いもの、青いもの、つめたいもののことは、いつでもよその子のように思っている。よその子はしかたなく玄関のとびらの前で鉄の棒の数を数えているが、それはずっとあかないとびらであって、また、鳩がおちてきても、その子だけが気づかない。

月が欠ける

お母さんがまちがえて子どもをひろってきた
それはお母さんの子どもではないのに
お母さんの子どもはぼくたちだけなのに
かすかに震えているお母さんの腕のなかで
子どもはだまって自分の爪をたべていた

まちがえたのとお母さんはいった
暑い日だったから
白線が照りかえして目がくらんだの
猛獣から逃げきったあとみたいに目を瞠(みひら)いたまま

しかし種の存続を背負わされた確かな背すじで
まちがえてしまったものはしかたないとお父さんが答えた

お母さんのからだはもともと完全な球体でできていた
ぼくたちが唇を寄せるための曲面
それでいてぼくたちを覆いかくすための弧
ぼくたちはいつでも安らかに揺れていられた
それを　お母さんはまちがえてひらいたのだ

そうしてぼくたちにはさかいめがなくなった
球体の　欠けたところに子どもが腰かけ
お母さんの指の先端が子どもの口のなかをさわってやる
それがぼくたちの口のなかともつながっている

子どもはときどき空中に向かって手を振る
とうめいな子どもたちが見えるという

家はすべての窓を開けはなち
ぼくたちに引かれていた円い白線も消えた
ひらいてしまったものはしかたない
とうめいな子どもたち　笑いながら家の中を吹きぬける
ぼくたちにもそれが見える　ときどきいっしょに笑う

性的な誘い

はやく
わたしになって
いつか心臓から鼻歌まで
ぜんぶが止まると決められているくせ
てんで死ぬ気配のない
わたしに

わたしでいるの悪くもないよ
ネオンに光る思考の帯が目のなかで反射して
とろけるようにねむってしまうとか

ときどきおしゃべりの拍を失調するとか
そんなことがあるくらい

君でいるよりいいでしょう
きょうだって
汗だくになって帰って
お葬式のあと塩をあびる人のように
シャワーにかけこんでいくでしょ
いつかほほえみから呼吸まで
ぜんぶが止まると決められているくせ
せいかつをかき込むように食べて
毎日をすべりおちてしまうでしょ

いちびょういちびょうをあげるよ
眼球をさわって
動脈に舌をさしこんで
わたしと
循環して
輪郭という
いまいましい白線を侵して
わたしの国土になって

失調といったね　あれはね
うそでした　わたしには
わたしの拍子があるだけ
わたしのみずうみに耳をあてて

濡れながら
踊って

わたしひとりでわたしを踊ってきたなんて
これからもずっとそうなんて考えられない

わたしと失調して
わたしたちの指揮者がうたう鼻歌

目撃

背の伸びきらない人がふたり
駅の階段に腰かけて
飛行船を眺めている

ふたりは気づいていない
肩の　おたがいに触れているところが
すでに制服ごと融けあって
ひとつになっていることに

ひとりの右胸から

もうひとりの左胸へ
指をすべらせていったら
すらりと引っかかりのない
つながった皮膚があらわれることに

よっつ並んだ
目玉の空のなか
よっつの飛行船が
東の方へゆきすぎる

たっぷり時間をかけてそれが終わると
ふたりは元どおり分裂をして
それぞれの改札へと消えた

わたしはおもわず
さっき買ったガーベラの一輪を見
花びらが萎（しお）れつつあるのを
確認した

提案

1

われわれが死んだらさ
一っぴきの虎がのろのろやってきて
われわれを一っしょくたにずるずるたいらげて
のろのろ去っていくってわけにはいかない？

2

あたしがダニなんかのいやしい虫になって
あんたの腿(もも)やおなかやオッパイの渓谷を
ときどきあんたのせせらぐ血を戴きながら
せっせとのぼっていくっていうのは？

3　まぜあわせたわれわれのよだれで
アボカドの種を水栽培して
一っぽんのりっぱな木に伸びあがるまで
ほおっておこうか？
起きてる？

4　あたしの死んだからだを
食べた
他人を
あんたが食べるのは？

5　このまま接着してしまうまで手をにぎりつづけるのは？

朝は

さっき残した
ぶどう　食べようか
一っしょに

あったかくして

うみちゃん
君の優しい合図で
みなたやすく
液体に戻る
だからぼくだけが
肉のまま
浮かんでいるよう
いっそう冷やされていくようで

それってなに?

音の方位を測る
ことができなくなる
玄関の
ベルを鳴らしているのはだれ？
そこにだれが映っているの？
映るのは、ただの枠でしょ。

うみちゃん
さっき言ったね
肝になるのは得点
ポイントカード

みたいな
ものであると
それはつまり
退屈なカウントを刻むこと?

いまはアプリもあるから。

もう一本の軸が
あるから
さわれる一本道を舗装
する
ようなゲームから降りて

それってなに？　パソコンの話？

うみちゃん
やわらかですぐに
壊れるものを
貼りつけてほしいの？

アンパンマンのシールのこと？

ふさわしいものと
ふさわしくないものとが
交わることのないように
手袋をした

手にチョークを持って
慎重で清潔な白線を
引いてきたというわけだ
その話では!

ねえ、眠くないの?

水のなかにいるのに
皮膚がかわくことがある?
砂漠の水面を
蹄(ひづめ)で歩いていく
白い鹿とは対照的に
長いまつ毛のおこす風で

ベーコンを
つくろうか

ないよ。

うみちゃん
線路の上を歩き切ったあと
踏切がない
ことに気がついたら
そこで
なにをしたの?

ねえ、健康であってね。免許をとりあげられないで。服を何枚も着てね。

むずかしい言葉ひどい言葉使わないでね。

それってなに?

溜まった電気は土に逃がしてね。
あったかくして。あったかくしてね。
エレベーターを使って。桃やお芋や豆腐を食べてね。

うみちゃん
だれに話しているの?

あんまり優しくならないでね。何十年かあとに死んで。
肺の空気を何度も入れ替えして。

ときどき遠くへいってね。
同じような大きさの生きものと眠ってね。
ほんとうに欲しがっているのは
雨？
なに？
なにを話すの？
雨？

雨だよ。

どこに？

唇？

なにが？

なにが？水？

飲む水？

飲むの？

唇って?

うん。また。

さわった?

さわった。また。

どこ?

頬に。また。つむじに。袖に。

どこ？

じきに来るよ。

じきに来る。

じきに来るよ。

じきに来る。

じきに来る。

日記：2021年12月2日 ゆうがた 晴れ

近所の小学生ふたり組。
背の小さいほうが
大声で　ぎゅうにゅうーっ
といったら
大きいほうが
ぎゅうにゅう?
と返す。
小さいほう　急にひそひそ声で
だから、ぎゅうにゅう、っていったら、いい天気だね、ってことね
ふたり　うなずきあって
ぎゅうにゅうーっ
ぎゅうにゅうーっ
そのあと

ふたりは叉路（さろ）を別れながら
じゃ、
とうもろこしーっ
互いに手を振りあって
とうもろこしーっ
とうもろこしーっ

波のうつ部屋

君の帰りを待ちながら書いた詩

聞けばさいきんの流行では
生きているうちから死ぬ準備をするという
相続を取り決め
遺書を書き
棺に入るきぶんを味わうという

それなら君が生きているうちから
君を亡くす準備もできるだろうか
君を亡くすとはどういうことか
君はいなくなって

いない君と
いるわたし
だけがいて
わたしたちはそこでなにをするだろう
いない君は皆んなが言うように
ひかりや風と感ぜられるだろうか
それともどの感覚器官にももうさわってはくれないのか
君がいなくなっても
いない君と話をし
トーストを食べ
ドライブに出たりできるか
いない君には運転もできないが
いない君のために助手席をあけることはできる

わたしのひどい運転で
いない君はないい肝を冷やすだろうが
いるわたしには知ったことではないのだ
車から降りてきたわたしを見て店員が
おひとりですね
と席を支度する
はい　いるのはひとり　いないのがひとりです
そしているものだけが水を飲む
わたしの話しかけることを
いない君は耳でなくてなにで聞くのか
もしも
いる君から耳だけがなくなっても
君はわたしの話すことを聞きとれるだろうし

いる君から目だけを除いても
君には
わたしが嫌な顔をするタイミングがはっきりわかるだろう
つまり君にはどこか
目や耳ではないところで
わたしを感じる力があるとして
いない君
というのはつまり
その力だけが宙にうかんでいるような
そんなものであったら

いない君
と　ともにいるわたし

は　ひとりで歩き
ひとりで眠り　ひとりで太鼓を叩く
いない君に聞かせたいことを考え
いない君に食べさせたいものを考え
いない君と聞きたい音楽を考え
ひとりで語り
ひとりですべてを食べ終え
ひとりで踊る
君のふしぎな力が
わたしをキャッチするのを待って
それは
ここにはいないだけで
別のところにはきちんといる君

（つまり、いまの君）と
ここにひとりでいるわたし
（つまり、いまのわたし）
の関係となにかちがうのか
ここには
いる君も
いない君も
いない
いない君が
いない
とは
君が別のところには
いる

ということだ
(君はいつでも一か所にしかいられない)
いない君が
いる
とは
君があらゆる別のところにも
いない
ということで
では
いない君が
いる
というとき
君はどこにでもいることになるのか

君がひどく希釈されてしまいはしないか
両手いっぱいにすくった水を手ばなして
海に放ってしまうように
君ではないものとまざりあってしまうんじゃないか
もしも
いるわたしから耳だけがなくなっても
わたしは君の話すことを聞きとれる
いるわたしから目だけを除いても
わたしには君の上向きに笑うタイミングがはっきりわかる
いない君に
わたしの
目でも耳でもないところを
やさしく

さわって
ほしくて
空中に向かってひらけば息がふるえて
目玉があたたかい
なんだ　これではただの祈りだ
いないものにむけたありふれた祈り
みじめだ　君を祈るだなんて
君だけが神さまになるなんて

さて
いる君が帰ってくる
君は扉のすぐ外にいる
鍵を取り出そうともぞもぞ動くシルエットは

すりガラスに隔てられてよく見えないが
たしかに君だとわたしにはわかる
まちがいなく君が
そこに
いる
鍵がまわる

食いちがう

肉を食べる
切れ味の悪いナイフでねじ切って食べる
池のようなソースで食べる
男が帰ってくるまでには
まだ時間がある

男が懇願したことがあった
いわく
わたしの食べている肉は腐っている
においも口に運ぶ姿も耐えられない

お願いだからその肉は捨ててくれ
他のちゃんとした肉を買ってきてあげるから
そのとき食べていたのは鶏のもも肉で
わたしはもう一、二切れ名残惜しく口につめ込んでから
いわれるままゴミ箱へ入れた

三切れをいっぺんに頬張る
筋は手強いので歯で噛み切る
腐っている
というほどではないのだ
多少色がくすんでいるだけで
男は　なにを怖れているのだろう
荒野でインパラやシマウマの腐肉をすするわたしの姿が浮かぶのか

それをディープ・キスで口移しされるように思えるのか
わたしの体が内側から腐臭を放つことか
男自身がいつかどうしようもなく腐ることか
それとも
「くさっている」という言葉自体が
男の優しい鼻をへし曲げる肉
わたしのおいしい肉の前にさらされると
たちまち意味をなさない音のならびになってしまうことか

ソースをさらにじゃぶじゃぶ足す
机にこぼれたかけらも拾って食べる
もともと
意味のある言葉など

ひとつでも交わせていたのか
わたしたちの
飢えた二つのくちびるの間で
飛びたつ鳩の群れをみて
きれいね！
とわたしは喉を鳴らし
きれい！
と男のこたえた
光さす広場に居たときさえ
わたしたちの舌は食いちがって
なにもわかってはいなかった
またひと切れ食べる
飲みこむ前にもうひと切れ足す

男は知っている
男のいない昼間に
わたしがひとり腐った肉を食べることを
知っていてなにも言わない
ただわたしの食べ終えた皿を洗ってくれ
冷蔵庫に腐った肉を見つけても
わたしのために残しておいてくれる
もうひと切れさらにひと切れ食べる
空中に男の両眼が浮かんでいる
わたしもなにもいわない
肉を食べる
フォークを逆手に持ち替え
ソースを余さずすくいとって

最後のひと口まで食べる
太ももを胸を尻を背中を食べる
くちびるを舌を言葉を食べる
まるまる肥った怖れをひっつかんで食べる
男の骨を
腐った骨を余さずにしゃぶってやりたい
わかるか
これが
わかるか

波のうつ部屋

君の帰りを待つあいだ
君の身体の地図を描く
胸には泉が湧き
背中に馬の群れが暮らす
太ももは鈴なりの果樹園で
つむじからおでこにかけて
潅木（かんぼく）の丘がひろがる

おなかのなかには
白い椅子がふたつ

ひとつには幸福なわたしが
もうひとつには死が
いつでも君のために準備された死が
すわっている

幸福なあいだ
わたしは君の死のとなりで
わたしの身体の地図を描く
おなかのなかには白い椅子がふたつ
ひとつには幸福な君が
もうひとつに死が

胸に湧くのは海

一日じゅう朝焼けの
波の立たない海
君のふたつの椅子が
役目を果たしてからっぽになったあと
わたしがひとりながめるための
海が
いつでも準備されている

カウント

男が洗いものを買って出てくれたので
パソコンをひらいて詩を書きはじめる
はたらくはずだった時間
清浄な台所をつくるはずだった時間を
手づかみでたべるように
じっとして書く

時間が
まるいパンのように
つみかさなって

手でさわれて
割りきれる数で数えられたらいいのに
洗いものする時間　ひとつ
詩を書く時間　みっつ
か　よっつ
か　むっつ
もっとたくさん

男が台所をつくりおわってもなお
わたしが詩をつくりおわらないので
わたしと遊びたい男はやきもきして
「なんで詩書いてるの?」
とたずねる

それはとても入り組んだ質問なので
入り組んだ答えを発語してしまわないよう
なにも答えないことにする
男はゲームをはじめる
わたしは向きを変え
寝そべった男の背中にもたれる
わざと呼吸の拍をあわせようとして
その速さに辟易（へきえき）し　すぐに　やめる

男の時間が
空間いっぱいに積まれている
やわらかな湯気があがる
空間いっぱいが

ゆうがたのように
あたたかく匂いたつ

わたしはそこからいくつかをとってたべ
なにとも交換できない　腐りもしない
石膏（せっこう）のような言葉に変えてしまった
言葉は床にころがすと　ぴんとつめたく鳴った

君が目減りしていく
空間がもうあんなに余って

水べ

つねにどこかにいないといけない
どこにもいなくなることはできない
またひとところにいないといけない
どこにでもいることはできない

移動しつづけなければならない
わたしが立ちどまってもひとびとはそうしない
ひとびとが立ちどまっても水はそうしない

わたしは
水を持つ生きものとして
胸うつごとに喪失をする
するとあたらしい水が湧き

見ず知らずの母子が
わたしの水面に
ちいさな舌をつけにくる

ディナーテーブル

おまえはレタスをていねいにたたむ
カトラリーの雑音が神経の隙間に刺さってくる
まだおまえが死ぬときまったわけじゃない
舌がみえかくれする
くちびるとみわけがつかない瞬間がある
おまえのことはまだなにもあきらかになっていない
体がぬるくしめっているからといって
おまえが肉でできているとはかぎらない
血管には腐敗をしらない蜜がながれていて
心臓は琥珀でできているかもしれないし

それは代謝の限界をわすれて無限に生産されうる
これまでに存在した生きものがおしなべて死をむかえたからといって
おまえにまで死が用意されていることの証明にはならない
おまえはカットされたレモンを絞る
指さきの熱がレモンにつたわって
ピュアゴールドの一瞬が拡散する

おまえは再生産されつづける
二十年後と二百年後と二千年後の最高気温を循環し
そしてまた地球に満潮がくる
おまえ
いっさいの奇跡と馴（な）れあわず
安易に神秘を孕（はら）むことを拒み

ただ未開のエネルギーでありつづけるおまえが
死ぬのかどうかなんて野蛮なことだ
かわいたおまえの目尻にしわが
あって
うれしい

許しが訪れるのを待って

許しが訪れるのを待って
ドアをあけたままにしている
外の蒸す空気が侵入して
部屋ぜんたいが薄くふくらむ
肌は沈黙をやぶらない

許されようとするだけなら
どれほど気やすいことか
許そうとするのにくらべたら
食べることやつかむことのように

許すことをしようとしたために
わたしはいくつもがらすの花瓶を壊し
いくつも古くなった肉を舐め
そしていくつも嘔吐した
どれもひどい結果しか生まず
一行の疑問文だけがたびたび不時着した
だれかを一度でも許したことがあるか？

それで座って待っている
戦略でなく　ほとんど降伏として
わたし　を主語に持つ
許す
ではない　無記名の

許し　が
どこからかやってきて
汗ばんだわたしの皮膚を
ひっとり濡らしてくれるのを
そのとき部屋へ吹きこむ風は
麦ばたけの音で鳴るか？
いいえ

いいえ
許したことは一度もなかった
ご機嫌でごまかすこと
美しく忘れること
憐むことはあっても

許しについては何もしらない

されど思う　それがくるときには
なんの音も鳴らないにちがいない
代わりにくるのは静かさ
換気扇を止めたときにくる
発見そのもののような静かさ
いまはまだ
ここがうるさいことにも気づけない

ドアがあいている
肌は沈黙をやぶらない
耳という湖の底が

たえまなく
焦げついている

航路

かなしみは
宅配便ではないから
(悔みのように)
チャイムを鳴らして来たりしない

雪ではないから
屋根という屋根に白くかさなる
(羞恥のように)
ということはない
かなしみは臓器である

肋骨にはすでに
かなしみが根をはり

血を吸いあげては
ふたたび押し巡らせる

わたしは
かなしみを港にした
ひとつの航路図だ
ときどき血のこぼれる

死ぬ前の話

岡田さんは
食べ終わるのが遅い
わたしは誰よりも速い
バンドエイドの匂いが好きなところは同じ

ゆかりは
だいたいみんなに好かれている
わたしは嫌われないやり方がわかってきた
手を触ると温度は同じくらい

すずちゃんは
まだ歯がない
わたしには銀歯まである
指が五本ずつなところは同じ

街頭インタビューのおじさんは
眼鏡をしている
わたしはコンタクトレンズに変えた
怒ってしゃべるとき目がキョロキョロするくせは同じ

川島は
誰かに打ち明けられた秘密をすぐにしゃべる
わたしはぜったいに言わない

一番好きな映画は同じ
その中で一番好きなシーンも同じ

死んでしまえば確かに
死んでしまえばみんな同じだが
わたしは死ぬ前の話をしているのです

窓

ショウ

北東へ歩いていくとき
上のほうを光がかすめて
見あげようとすると
すばやく目線をかわすので

なにかと思えばわたしの睫毛が
午前の陽を抱えこんで
金色の露にみせているのだった
下のほうにはわずかに鼻の先がみえる
産毛がさらさらとあたたかく燃えて

わたしの向くほうを示している

鏡を見ていないとき
わたしはいつも
自分の
美しいのにおどろく
指先には血がめぐり
腹はすくことをいやがらない
両足を交互に差し出せば
すこしずつ予測を外れながら
前には進む
わたしの美しいのを
みんなに知らせたいと思う

それに
もう　だれとも会いたくないと思う

水も雲も
わたしのすがたを映せない
にきびのできた鼻先は
日時計のように
つぎの季節をめざしている

ベッドタウン・パレード

窓のそとから
夕食を待つリビングに
ひらひら明かりが入りこんで
ベランダに出てみればパレードである

黄色のトレンチコートを着た女が太鼓をたたく
二匹のプードルを連れた老人がステップを踏む
みな薄っすらと光っている　見ると隣の主人も
向かいの夫婦も　ベランダに出てながめている
青いシャツでそろえた親子の父はベビーカーを

息子はポップコーンの車をそれぞれ押していく
右からやってきて
左へといなくなる

どうやら
わたしの帰りと同じ道を
パレードは進んでくるらしい
うちへの道はとてもかんたんで
駅からまっすぐ進み
理容院の三色ポールを右へ
墓石の並ぶ石材店をすぎ歯医者をすぎて
ベレー帽をかぶった男がトロンボーンを鳴らす
カチューシャをつけた少女ズボンをはいた少女

水筒をしょった少女三人で一枚の旗をかかげて
布が風にふくらむたびくすくす笑いあっている
わかば幼稚園をすぎイタリア雑貨店をすぎて
金木犀の花壇がつづく坂道を上りきったら
それでもう　見なれた家へと帰りつく
チュールスカートの男が長い棒を天に突き立て
猫背の青年が便箋ほどの紙を左右に投げ上げる
赤い前髪の女がわたしたちの家の前で転回し
するりと中へ入ってきてからは

パレードがぞろりぞろりそのあとに続いた
玄関を右へ
ソファをすぎ

ダイニングテーブルを回って台所を左へ
登山服の老婆はいい香りのする箱を両手に抱え
右手にレースの手袋をつけた男が口笛を吹いて
洗面所をすぎ食品庫をすぎて
また　玄関を出ていく
わたしは踊り場に駆け出たまま
お茶を
お茶とお菓子を出さなくちゃ
と考えていた
黒いマスクをつけた少年が日傘をくるくる回す
フードデリバリーのリュックの女が手拍子する

友だちによく似た女と

女の牽く　猫を八匹も載せたリヤカーを最後に
パレードは終わり
昇る笛の音と
点でできた残像が
夜のなかへ薄れて

わたし
あんなにたやすかった
家へと帰る道を
もうすっかり思い出せなくなっている
他人の顔した家のまんなかで

夫はまだ帰ってこない

何度確かめなおしても
鍵はかかったままだ

見せてあげる

五月の昼ひなかは
頭のてっぺんに
なにか　あたってくる
すでに散りおわった花の
萼（がく）か蕊（しべ）か　よくわからない
褪せたみどりの破片のようなものが
新しい芽に押しのけられるようにして
ぽろぽろと落ちてくる

思い出を追い越して花の湧きだす四月が

生まれはじめる季節だとするのなら
ここはちょうど　死にはじめる季節
その最中であるらしい

いつか知り合いのおばさんが
豆菓子をつまみながら
わたし死ぬのが怖いんですよ
と　ぽつりといったことがある

父にそうやって話したらね
見せてあげるっていうんですよ
おとうさんが先に死んで見せてあげるから
大丈夫だよ　っていうんですよ

わたしたちも豆菓子を持ったまま
しばらく　なにも言わなかったのだったが

つぎつぎに降ってくる
萼やら　蕊やらを浴びながら
このやわらかな落下は
もしかしたら　そうか
見せてくれているのかもしれない

道路にはハナミズキが乾き
そばで枇杷（びわ）の実が腐ってゆく
死ぬことの烈しいやさしさ

うすみどりの無音

夜は大降りの予報で
未明には止むという
おばさんも
おばさんのおとうさんも
まだ生きている

あしたには
葉がいっせいに噴きだすだろう

ぶん

おなかに胎児が住みはじめてから
姉はすっかりふたりぶんである
ふたりぶん食べてふたりぶん眠る
おまけにふたりぶん働きたがるものだから
ひとりの身体じゃないのだよ
と　父がいさめた
みな　姉をふたりぶん大切にしたがるのだった
わたしはといえばぴったりひとりぶんで
窓ぎわに姉が坐れば　黄色い砂が飛んでこないよう

カーテンをしめてやった　日陰をきらう姉は
すぐに開けてしまうのだったが

ところが
祝日に訃報がやってきて
それからはわたし
ひとりぶんにも少し　欠けてしまった
左肩のあたりが空いてすうすう痛む
竜巻のような電話をする友だちだった
唐突で　肝心なところになるとよく聞こえなくて
いつも向こうの方が早く眠った

わたしも　ふたりぶんだったのだ

おまえ　いつのまにか
おなかではなく　左肩のところに
住んでいたのだね　自分の少しを
夜ごとのさびしい電話で
わたしの身体に忍ばせていたのだね
あるいは　ふたりぶんだったのはおまえ
わたしの左肩あたりを
くだものをとるように少しずつとって
いっしょに持っていってしまったのだね

ぴったりひとりぶんだなんて
いまになってみればおかしい
小鳥の声も　石ころさえも　わたしの手には入らないのだから

わたしの命　などという　大それたものが
わたしひとりのものであるはずがない

姉がカーテンを開けはなつ
黄色い砂あらし　勢いよく舞いこんで
わたしたちの身体の底にうずまく

同い年

あおいくんは目が四つあって
だれとも目があわないのがさみしいという
目が一つのまゆみくんにしてみたら
二つ目のぼくも目がおおすぎて
だれとも目があわないんじゃないかという
今日は三人でお花見にいって
七つの目で風を見上げながら
から揚げを食べた　四つのくちびるを
ぴかぴかあぶらまみれにして

肉眼

体のなかに
太陽が隠れて
出てゆかない
まずしい耳が
サイレンを聞きのがすとき
太陽はかすかに反響する
直視をこばみ
かといってレンズはなおさら
描かれるほど赤くなく
かといって白くもない

われわれがそれを
ついぞみたことがないのは
体のなかに
隠れているからにほかならない
口紅をのせた筆先が
太陽を塗りのがす
家族の数に
ぴったり同じぎょうざを
かなしい指が包むとき
太陽のぶんもまた欠ける
隣人がひとつの理由をあきらめるとき
離れた壁のなかの左肩
太陽はぎいぎい燃えさかっている

体のなかに
太陽が隠れて
出てゆかない
冷えきった手のひらがあっちこっちたたいて
出ていけ　出ていけ
と

しまいには泣くのだったが
太陽は直視をこばむ。

豊穣

プリンターの電源を入れると
未完了のデータをひとりでに印刷しはじめ
新生児が出てきた
生まれてしまったものはしかたない
社長がそう宣言し
別部署の者が役目を引きうけた

先日などは友人
炊きっぱなしの炊飯器を開けたら
新生児が眠っていた

しかたない
とつぶやいたのは女
老いた父親が迎えにやってきた

あるビーチからは十二人もぽこるぽこる這い出して
たまたま居あわせた海水浴客たちが折半させられた
そのうちのひとりがあなたよと母が弟にいう
弟は聞こえないふりをしている

しかたない
僕たちは大きくなりすぎた
僕は僕にごはんを食べさせる
生まれたあとの長い昼を請け負う

えり子を知りませんか

えり子さんはもういませんよ。
やあ　けっこう前。靴履いて　出ていくところ見たけど。
ヒールのうしろに指で　中指で　ね　こう。そ。履いて。
いつもさあの子ヒールでしょ。こんな高い。こんなとき。
も？　ってときもヒール。バーベキューのときとか。
靴べら使って　ってゆんだけど。いいです。って。
靴　だめになるよ　ってゆんだけど。いいですいいです
っていうの。みんなつかってつかって　てゆんだけど。
帰り道めっちゃ暗いじゃん。

でなんか女の人が前にいたのね。けっこう背高めの。

で女の人前にいるとちょっと気つかうじゃん。怖がらせたくないし。だからこ　つけて　つけてつうか　ついてきてませんよ　みたいなのを見せたいじゃんね。ね。で追い抜きたいわけ。で昨日じゃんめちゃ水たまりあって。でさ後ろから近くで追い抜いたら逆にめちゃ怖いでしょ。だら追い抜くけどあんま近づかないけど水たまりよける。みたいな。だるともったけどぱぱっといこうともうわけ。たらなんかおかしいわけ。その人がさたぶんさ　わざと。わざと水たまりばっ　かり歩いとるわけ。やわざとだよ。わざとじゃなきゃおかしいよお。もうスニーカーとかべしょべしょなってるわけ。おかしいでしょマジで。

いいお母さんだとーもうよ。
やあ。あん。つもニコニコしててね。身ぎれいしてるしね。
こっなスカート履いてね。すらあとして。
班の仕事なんかもしゃきしゃきってねえ。
若いからあ。えりちゃんね。頼りにされちゃってね。

蹴ったんですよ。
なんかもう忘れちゃったな。でもお客さんで。赤い財布。
ときどき来てたよ。日によってだけど。ね。おべんとはね。
もいないバイトの子と言い合いなって。急に　があん。
ってカウンター蹴られてね。びっくり。びっくりだけ。

向かいの席だったよ。

でも話さなかったな。結婚式て　丸いテーブルでしょ。
えり子　ちゃん　もともとあんまね。知らないし。
向かいだといちばん　話さない　ん　なんだろ。
サンダル履いてた。できれいなネイルしてた。
結婚式　でサンダルてめずらしいね。てなったよ。

ゆうれいは足をもたないというが

すごい覚えてます。
えり子ってちょっと　ん　めだってたから。体育館。
あるじゃないですか。集まったりする。たいくずわり。
でみんな座るんですけど。背の順ですかね。そいで。
えり子は後ろの方だから。あんまみんな見てなくて。

先生とかもなんか見てなかったぽくて。わかんない。
修了式かなんかだったかも。そこでえり子だけあぐら
かいてたっぽいんですよね。なんかそのことでえ。へ。
すごい怒られたらしい。伝説みたいなってました。

みんな踏んでいくわけ。
軍手をね。で昔からなんだけど　軍手。片っぽだけ。
落ちてるでしょ。で中身入ってたらどうしよう。てね。
想像しちゃうわけ。でみんな踏むからこあいこあいと。
でもえりさんだけは避けてて　わ　いい人だあと思って。

ほんとうははんたいに

一個だけ心配だったのが。
手も足も深爪で　ななちょっと血が出てるみたいな。
えりだいじょうぶって聞くけど。うん　うんみたいな。

秋なるとどんぐり踏むの好きって言ってた。やばくない。
やだってわざとどんぐり踏む人いないでしょ。どんぐり。

いなくなったものには
足だけが残るらしい

えっちゃんて器用だよね。足の指でペンとか拾っちゃうし。
スカート履いてるとこ。ましてドレスなんて。想像できない。

むかしバレエやってたでしょ。　お花の茎みたいに細いでしょ。
ストッキングから膝のはみ出た膝の毛。　指でずっと抜くんです。
リレー選手いつもだったから。　それでうらやましがっちゃって。
たまったもんじゃないよ　びんぼゆすり。　つながってる机だぜ。
それなに？　むし？　ってきいたら　水虫のくすりですって。
そえば　聞いたことないかもしれない。　えり子の足音って。

もうなにもいない
濡れた砂のうえに

足あとがくっきりと残っている
握りしめるような　五本指の
はだしのあと

レジ並んでるとき　三拍子とってる人いたよ。つまさきで。

波がなんかい寄せても
ふかぶかと
消えることのない

新しい足

おととい買った靴を
箱から出したのがきのう
きょうはかかとに絆創膏を貼りなおしている
丈夫なのが気に入った裏地の　まさにその丈夫さに
わたしの皮膚が大負けしてできた
大きな靴ずれ
絆創膏をはがすとまだかすかに濡れて
外の空気が　傷の形に涼しい

お店では

わたしの形にぴったり沿っていたはずの靴
ひと晩のうちに心変わりして
自分の形を知らせてやりたくなったのか
それでわたしのかかとをめくってみせたのか
いえ
わたしが変わったのかもしれない
細胞たちひと晩のうちに
めまぐるしく生まれて死んで
おとといの足はもうどこにもない
あるのは　きょうの足
新しくなるのはときどき痛い
けれど古いままではいられない
ふれてみれば他人のように白いつまさき

絆創膏を貼りなおそう
新しい足には
次の行き先が必要だ
ひやひやと灼(や)けながら　すでに
かさぶたを作りはじめている
そうだ　わたしの新しい足

ねえ、おかあさん

ねえ、おかあさん
もうやめようよ
おっぱいを
となりの赤ちゃんや
そのまたとなりの赤ちゃんや
となり町から来た赤ちゃんにまであげるなんて
いくら
おかあさんのおっぱいが
八つもあるからって

おかあさん
少しやせてきたよ
お向かいのおみちゃんは
おかあさんのおっぱいをのんで
いちにちに
三センチも
背が伸びているのに

このごろは
おみちゃんの
おかあさんまで
背が伸びてきたんだよ

とても小さな理解のための

おとなりは

おとなりは
すでに膜をはったあとです

膜は家庭ごとをしろく包んでいます
家庭が社会の最小単位であるというのは誤謬(ごびゅう)で
じぶんをできるだけ引きのばした最大の範囲が
家庭であるというだけです

わたしたちいつでも
じぶんを引きのばしたくてしかたないのですが

腕にはかぎりがありますから
粘膜をあてにします
粘膜でふれてみて
仲間だとわかったものを
すかさず壁のなかに引きいれて
くらしています

豪雨が来て
一帯のひとたち
それぞれの住宅から
網戸にはりついて
外をながめています

ときどき
お互いに目があうと
なにも言わず
目をあわせつづけています
離れたまま
とても長い時間

ねずみを殺す

殺すんだな
おまえ　ねずみを殺すんだな　手はなせよ　教えてやるよ
おまえがなんでねずみを殺そうとしてるか教えてやるよ　いいやよくわかる
おれにはよくわかってる
おまえはな　本当は人間を殺したくてたまらないんだ
ねずみなんかじゃなくて人間を
おまえ　家に鍵をかけてきたな　鍵が開いていれば
だれかが逃げ込んで寒さをしのげるのに
おまえのドアの前で人間が凍え死ぬのを腹の底では待ってるんだろう
でも同時にどうしても殺したくないんだ　だからへつらいを覚えた

おまえ　自分が人間を殺すのが怖いんだ
だから代わりにねずみを殺すんだ　ちっぽけできたなくて力のない生きものを
教えてやるよ　そのねずみはもともと人間だったんだ
いまはねずみにしか見えないけどもとは人間だったんだよ
苦しい美しい人生を送った人だった　まだ小さい娘もいるんだよ
まじめでやさしい人だった
おれなんか何度も助けられたよ　あと病気も　なんか　病気もあった　いや
ゴメン　それはちょっとうそで　病気はなくって　わりと元気で
あと娘がいるっていうのもうそで
ひとりぼっちだったけど　ていうかまじめでもやさしくもないし
ばかだしだらしないし
迷惑かけてばかりだったけど　でも苦しい美しい人生だったんだよ
おれなんか　おれなんか何度も助けられたし

いや　ゴメン　本当は　本当はぜんぶうそだ
本当はぜんぜん人間なんかじゃなくて　ただのねずみだけど
でもきれいなねずみだろ　いや　ゴメン　そんなにきれいでもないか
でも家族はいるかもしれない　わからないけど　でもおれは何度も助けられて　えっと
だから　いや　本当ゴメン　それもうそで
うそだけど

わかるよ　おまえが殺したいのはわかるよ
本当はおれのことも殺したくてたまらないんだろ　わかったよ
おまえのナイフがおれのはらわたに刺さること　おれもいっしょに願うよ
なんだよ　怖がるなよ　キスしてやるよ　大丈夫！
おれもだよ　おれもおまえの首しめてみたいよ
なんだよ　怖がるなよ！人間を殺すことばっかり怖がるなよ

大丈夫
キスしてやるよ
手　はなせよ

いてもいても

そばに来て　くちの　中をさわって　わからなくなったわからなくなったよ
粘膜をみて　まだ濡れていてね　識別する痛みをあたえて　踏みつけられて

踏みつけられて死んだ人が

わたしなのか　君かもしれない　わからなくなる　身体のなかには血も骨もなく
国がある　群衆があるだけ　かれらはみなわたしです　ひとりずつときどき死ぬ

身体の外には血も骨もなく

わたしではない町にまぎれて　わたしがあちらこちらにときどきいて　息をする
ひとりずつ　ときどき死ぬ　人たち　紙を持って列にならぶ　蛇行する列になる

蛙が爆発する

君かもしれない　君もあちらこちらにときどきいて　ひとりずつときどき死ぬ
君がいなくなるよいてもいても　チョークたべさせて　見分けつかなくなるよ

人たち　鉄を持って踏みつけあう　蛇行する影になる

メッセージ・イン・ア・ボトル

住むところも、見たくないテレビ番組も、鼻にしみついたにおいも、朝起きて最初にすることも、指のながさも、いちばん重たい怪我をした場所も、捨てられない教科書も、平熱も、嫌いなジンクスも、死んでもいいと思う他人の量も、眠りへのイメージも、虫歯の位置も、はい　というときの意味も、好きな速度も、産まれた時間も、のどちんこを舌でおしたときの味も、うんざりしているのにやめられない仕草も、おかあさんに対する感情も、背中に乗りたい動物も、食べられる限界のからさも、耳のかたちも、他人におすすめする本も、親近感を覚える病気も、利き足も、友だちの作り方も、はじめて歌詞を見ずに歌えるようになった歌も、

血液型も、全部がぜんぶぼくとは違うのに、笑うときのくせだけ、ぼくと同じあなたへ
好きなひとはいますか
そのひとがかなしい時どうしますか

十二星座も、故郷と思う景色も、つい口ずさむコマーシャルも、あこがれる先生像も、ペットにつけた名前も、落ちつくお風呂の温度も、切手を舐めるうごきも、やさしさに与える解釈も、ずっと死なないでほしいと思う他人の量も、好きなパンも、きょうだいの人数と性別とその歳の差も、みたことがある幽霊も、くだらないと思うギャグも、のどぼとけの大きさも、かならずあたる食べものも、いつもそばに備えている言葉も、愛想笑いの長さも、

置いたままにしている疑問も、お腹のやわらかさも、親友とそう
でない人との線引きも、けっしてがまんならない侮辱も、あだ名
を構成する母音も、いいえ　というときの意味も、落書きする手
つきも、全部がぜんぶわたしと同じなのに、理想の死に方だけ、
わたしと違うあなたへ
わたしは今日ほんとうの気持ちについて考えていました
もう六年も考えています

詩がどこにもいなかった日

詩がどこにもいなかった日
わたしは川を吹き上がる風に髪をあずけて
口のなかで他人が書いた歌を転がしていた
もはや生がいくつあっても問題ではなく
川上までえんえんと晴れつづいていた

詩がどこにもいなかった日
わたしはわたしではない誰でもなかった
指を食べることも
呪文を思い出すことも

かなしみの亡霊に足止めをくうこともなかった
詩がどこにもいなかった日
男が笑ったのは良かった
窓のふちが濡れているのは良かった
瓶が高いところから落ちるのは良かった
サンドイッチは良かった
緊急搬送があった
男の子が線路をみていた
クーデターがあった
握りしめる力の濫用があった

詩はどこかへでかけたまま
夜の水位があがっても戻らなかった

わたしは呼吸いくつかですぐに眠りに入った
そしてひとつの夢もみなかった
わたしの血のながれは夜のあいだ
たえず終わりのほうへ向かっていた
砂の音をたてながら

ディスカウント

刺される夢をみた
明るい夢だった
腹からは青いゼリーがあふれ
痛みはなかった　深々と刺さったのに

わたしはまだ刺されたことがなく
知らない痛みを
想像は
安値で買い叩いてしまう
うつろな昼の交差点で

他人との取引でだって
痛みたち　さまざまに買い叩かれ
自分でも投げ売りにして
買わなければならないときには
さもしく値切ってきた
せいかつがあるからと言いのがれて

いま　朝の陽にさらされて
それがいっせいに痛い
薄氷の青い硝子が
口いっぱいにじゃりじゃり湧いてきて
吐き出すことも

飲み込むことも
できない

理解へ（家庭的な解釈）

下準備／存在はひと晩水に浸けて戻しておく。

1

下地をつくる
言葉尻を唾液で保湿し
たっぷりのバターを打ちこんで
肌理（きめ）をよくする（耳の後ろまで忘れずに）
不安なら念のためラッカーもかけておく
すでにある細かな傷にもやすりをかける

2

のぞきながら鏡筒を上げ

ピントを合わせる

3

準備がととのえば
泡立て器で舌と歯とをまぜあわせる
ひと目進むごとに
ふた目ぶんの沈黙をする
やぶれてしまったときは一度手首までしっかり洗い
唇のはなれる音で香りをつける

4

沈黙が透きとおってきたら（※）
3に半量ずつ血をそそぐ
なければ塩水で代用してもよい
泡立て器を

孫の手に持ち替えて
まぜるときの感触が
重たく　なって
くるのを
目安に
さっくりと混ぜる
（※もしならなければ下準備からやりなおす）
（※その晩はなにもしないでひとりで眠る）

5
4がリボン状になれば
小さな結び目を作りながら
余分なところを素手でちぎりおとす

6　とろ火で息を熱し
煙が立ったら
5の水気をていねいに拭きとり
針に糸を巻きつけて
刺しこむ
一気に。

7　理解がふっくらしてくるまで演奏をする。

8　指をさしこんで硬さを確認する
心臓くらいの硬さになれば（※）演奏を止め
ふたたび沈黙をする

（※もしならなければ火から外して）
（※4に戻ってもう一度くりかえす）
（※なん回もなん回もくりかえす）

アンダスタン

タクシー運転手は
シンプルな英語だけをしゃべってくれて
北をノルスと発音する
ノルス？
復唱すると
いいえ
あなたがこれから行く町はノルスではなく
ノーヴィサードですよという
とうもろこし畑は収穫を終えたあとだ

イッツフィニッシュと二度教えてもらう
一面の刈田のなか
マクドナルドだけが異なる黄色に光る
アンダスタンとなんども答える
ノーヴィサードに差しかかると橋が見えてくる
空爆によって一度は失われたが
さいきん再建が完了したのだと運転手はいった

わたしたちは
ひんぱんに水によって隔てられ
水を越える手段はそう多くはない
長い時間をかけて橋をかけるか
でなければ船を出すほかない

しかしここでは終わったのだ
イッツフィニッシュ
長い時間がすぎた
運転手が橋に横目を遣って
ビューティフルとつぶやく

それが単なる
きれい
ではなくて
きれいでしょう?
であると

すぐにわかった

青いしっぽ

袋いっぱいに草をむしっている最中
一匹のとかげが　ぴろんと石の上へ出てきたかと思うと
すぐ近くにわたしの指をみとめ
ひし　と固まってしまった

もしも彼が
〈殺さないで〉と請うていたとしても
とかげの言葉は聞きとれない
人のしずかなしずかな耳
それでも　ころしませんよ　と　話しかけそうになる

地下を埋める根にくらべたら
建てものの頼りないこと
家を食べる草に　草を食べる青虫
青虫を食べる鳥の群れに
すぐに呑みこまれてしまいそうで
二足歩行のさもしい戦いとして
指を草の汁にぬらしながら
じゅんばんに殺していたところだった

まばたきほどの沈黙ののち
とかげは　暗転のように草むらへ飛び退き
すぐに見えなくなった

あの一瞬　とかげの言葉が
〈死なせて〉と　つぶやいていたとしても
聞きとれないしずかな耳は
去っていく足音を草のなかに追いながら
しばし意味の響くのを待ったけれど
土のした　伸びながらこすれあう茎たちが
ざらざらさわぎあっているばかり

冬に光る

うちの近くの銭湯は女湯が二階にあって
送電塔のわずかなてっぺんのほか
なにも見えない

みんなすっぱだかのひとりきり
しわしわにくぼんだ肩や
白くてまんまるな肩や
骨のかたちの浮いた肩を
湯船にやんわりと寄せあって
みんなの体温が

まったく同じになったとしても
ひとりきり

金の指輪をした人が
手のひらをひしゃくに
くりかえし　首筋に湯をあてる
うっすら光るまつげを水面へ伏せて

思わず真似したら　隣の老婆にもうつり
わたしたちはいっとき言葉もなく
めいめいの動脈をあたためて過ごした

そうすれば　悲しみが

あたたまるとでもいうように

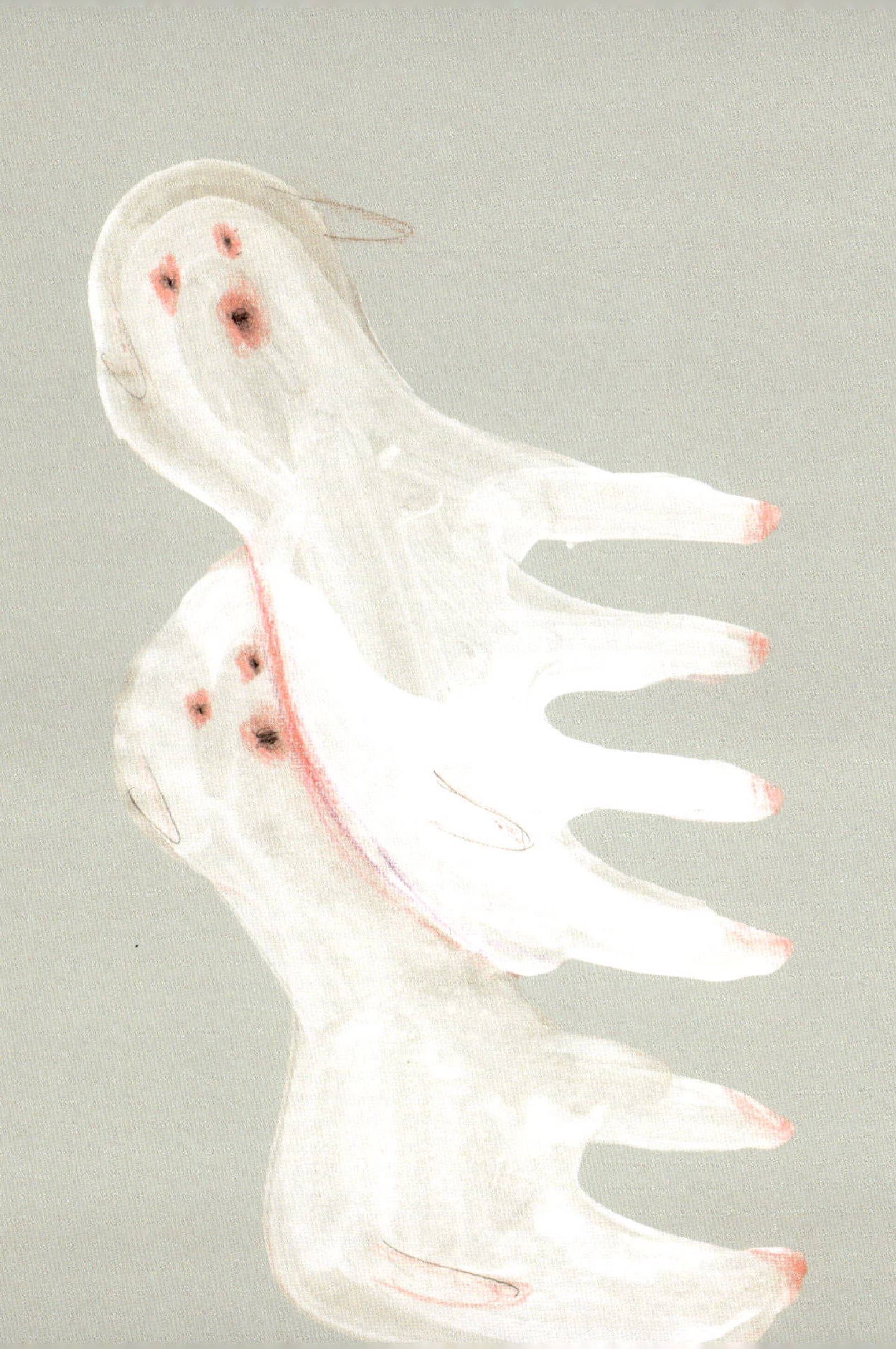

週末

帽子をかぶった人がプードルを六匹さんぽさせています
綿あめ売りがバランスを損ない綿あめが街へ舞い上がります
今どき雲を動物に見立てられても何番煎じで冷めます
それでもおまえといたいのです

電子レンジのなかにはミルクが忘れられたままです
きれいなスーツを着た人がゴミ捨て場の漫画を盗もうとしています
二本挿されたストローは単なるスペアであるといいます
それでもおまえといたいのです

二本並んだ高層ビルは双子座を連想させます
今どき花言葉を諳（そら）んじられても何番煎じで冷めます
すたすた歩いていくワンピースの背中のリボンがほどけています
アパートのベランダに十枚の布おむつがゆれています
デートの男の子がピッチャーの水をぶちまけます
大量のタピオカが降ってきてアスファルトにバウンドします
体育館にバレーボールの打たれる音が高く反響します
女の人が左手で鼻血をおさえながら家から走り出てきます
ふだんの倍ぐらいの速さで夕陽が沈んでいきます

夕食を配達する自転車が派手に転倒します
動物園のハイエナが檻の直径を同じルートで周回します
小惑星探査機からの電波が途絶えて十何年も経ちます

魚屋がイワシの頭を立てつづけに五匹落とします
枯れた向日葵の種がみっしりと肥(ふと)っています
カーブミラーの球形のなかを小さな人たちが曲がっていきます
妊娠した人の歌う声が他所から聞こえてきます
それでもおまえといたいのです
それでもおまえといたいのです

とても小さな理解のための

2024年10月30日　初版発行

著者　向坂くじら

ブックデザイン　鈴木成一デザイン室

イラストレーション　金子佳代

発行者　北尾修一

発行所　株式会社百万年書房

〒150-0002 東京都渋谷区渋谷3-26-17-301

tel 080-3578-3502

http://www.millionyearsbookstore.com

印刷・製本　株式会社シナノ

定価はカバーに表示してあります。

ISBN978-4-910053-58-5